句集

飾売

富永素光

文學の森

序文

先ずはもって長年交流のある九州の富永素光さんが、第一句集を出すことは大いに嬉しいことであり、また目出度いことである。

やはり人には縁ということがあり、これも先日の「文學の森」主催の九州の旅あってこそのもの。

もともと九州は虚子や立子、椿との交流も華やかであり、それこそ野見山朱鳥、河野静雲、大久保橙青、女流は橋本多佳子、杉田久女、中村汀女等々挙げたら切りがないくらいの俳人がいる。

どの方も少し骨太で、大胆な詠い振りであり、今でも語り継がれている。

私も「玉藻」副主宰の頃から、九州各地に呼ばれて各県にお邪魔させてもらっている。どこに行っても俳句が生まれる風土なのである。
そして今でもいろんな方々との俳縁はつながっていて、福岡、柳川、甘木、阿蘇等々いつでも行きたい気持ちのあるところばかり。
そして九州男児と昔から呼ばれているが人柄もすぐ仲良くなれる。
そんな流れの中であったのが今回の旅、とは言っても九州は約八年振り。
素光さんは早速この旅に参加されて充実した時間を共に過ごせた。
彼は玉藻誌に昔から欠かさず投句しておられ、先日は巻頭に推させていただいた。
その時九州でお会いできる情報は知らなかったので、この句集出版の話になったのも御縁ということであろう。
やはり久し振りにお会いしてみると、すぐに話は俳句のことになり今回の句集上木の機になったのだから嬉しい限りである。

そして彼の句集に光栄にも序文を書かせていただくことになり、ゆっくりとじっくりと四百八十四句を読んだが、読後感のよかったのは言うまでもない。

帯塚や大天蓋の竹の秋
御会式の万灯に舞う散華かな
飛梅や神鼓にひらりゆらり散る
老鶯の夕暮れ急ぐ阿蘇の宿
真つ白とならず博多の雪だるま
魚屋の壁に河豚鰭二三枚

地魂という言葉があるが、九州に根付いた風土などを折り込み乍ら写生の眼の行き届いた作品群である。
とくに「竹の秋」から来る虚子の帯塚の句は大きな詠み方が頼もしい。
また今回の句集の特筆すべきところは表現力なのである。

その裏には彼のみの言葉の選択があるからであろう。
それはいろんな挑戦をし続けているからこその現在なのである。
そして心のある作品、心情俳句も見逃せないところだ。

こだわりを捨て万緑を枕とす
マンモスと空飛ぶ夢の朝寝かな
凍て鶴の一本足や刻を止め
満月を仰ぎて急ぐ胸騒ぎ
武士道といふは死ぬこと蟇
角打ち屋軒の燕の賑々し
落ちてなほ肥後椿より息遣ひ

写生句の果てにあるのが、心象。
素光さんはそこまでゆく行程を、この句集の中に鏤めて出しているのである。

推敲もされているのであるが全くその姿は見せないところも芸の一部であり、そういったことをわかっているのがこの方の強みだ。
句集というのはその作者の全てに近いものが反映されているので、素の部分にも触れることができたのも楽しかった。

　子供等の数の申告雑煮餅
　初夢は母に抱かれし防空壕
　名月や父の享年とうに過ぎ
　妻の手の突如伸び来る木の葉髪

父母や妻、子供への句もさりげなく詠われていて甘い作品ではなかった。

　博多座の夏や静の舞姿
　弾初めの博多古謡の撥さばき

博多座へ麻服と絽の老夫婦
望の月揺らし流るる筑後川
由布岳を望む辻馬車代田路

地元に誇りを持ち、地元を客観写生していることもこの句集の収穫であったことは嬉しく、又お会いした折にゆっくり祝杯をあげお話ししたくなった。

最後にもう二句。

禅寺の門先借りて飾売

この句集の標題になった一句で、私が一目で推した句であり、今でも色褪せない力を持ち続けている誉れの作品。

檀一雄に手向く卯の花能古島

ご一緒に能古島へ行って檀太郎さん御夫妻達と畑の枇杷を捥いだのもいい時間であった。

素光第一句集を出す切っ掛けとなった九州の旅を催行してくれた「文學の森」、そして何より私が熱望した、第一句集に着手してくれた素光さんに感謝申し上げて、序文の筆を擱くことにする。

令和五年九月　残暑の日

星野高士

句集　飾売／目次

題字　富永素光
装画　富永幸子
装丁　藤崎良嗣 pond inc.

句集 飾売

＊本書における俳句の仮名遣いは、それぞれ発表した結社誌等の仮名遣いに従ったため、新旧混用である。

炬燵

平成二十四年〜二十六年

読み書きは母の手解き掘炬燵

書初めに師が掛け軸の「無尽蔵」

初夢は母に抱かれし防空壕

羊日の滑らかに擦る墨の虹

火の盛る校舎の硝子どんどの火

手術日の決まるメールや寒昴

凜として里明け渡る霜畳

冬山を下り別れの熱き蕎麦

月一の主治医の顔のあたたかく

大杉に鉈の切れ込み霞立つ

剃刀の音に三片の朝桜

帯塚や大天蓋の竹の秋

博多区聖福寺にて

楠若葉禅寺巡る人力車

葉桜や媼一人のハーモニカ

跡取りの無き医師と見る蛍かな

蛍火や己の身には闇纏う

暁を里に告げるか時鳥

こだわりを捨て万緑を枕とす

翡翠の飛び去る煌めき見返しぬ

梅雨晴間里に報せの拡声器

梅雨の果て甍の波や白しぶき

引揚者寮の面影はなし夏木立

甘夏を剝けば小島の老夫婦

博多座の夏や静の舞姿

せせらぎの音も薬味の冷奴

機関車の如く三連夏水車

昼寝覚め長押に掛かる夜叉の面

旅立ちの羞ひ少し夏帽子

蒙古塚海より蜻蛉生まれ来る

出棺の雲間に立てり虹二重

寺の鐘鳴る夕焼の紙芝居

零戦を背に語り部の敗戦日

静けさや早まる流れ野分雲

敬愛の兄の葬儀　二句

月白の通夜に来給う作業服

斎の席一花となるや法師蟬

新涼や蟠る子の歩み寄る

新涼の口軽やかに帯祝い

秋の風肩に手のひら置いていく

校区公民館での音楽会

厄日去る老いに弦楽二重奏

名月や父の享年とうに過ぎ

御会式の万灯に舞う散華かな

蟷螂の顔穏やかに冬隣

草朧

平成二十七年〜二十八年

若水に不老水汲む香椎宮

サーファーの恵方を求め沖へ出る

博多雑煮一串の具と勝男菜と

狼が餅を咥へぬ比叡山

里に生き嫗畑打つ寒の入

拍子木に悴み忘るパトロール

飛梅や神鼓にひらりゆらり散る

冬山の木々は日射しの方を向き

アロエ咲く路地に童の日向ぼこ

マンモスと空飛ぶ夢の朝寝かな

カバさーんの声に動ぜず春の河馬

渾身の最後の返事卒業子

初めての式辞健気に一年生

今日こそは打ち明けようか桜の夜

平石の目地を桜の色に染め

山焼の風が煽れば阿蘇歪む

野火日和肥後の赤牛旨かりし

政庁趾古き血筋の雀の子

鄙の家の桜明かりの車椅子

初出勤初心の背広朝桜

惜春の俳縁に酒進みけり

どんたくや卒寿の人のフラダンス

連絡船を島の万緑引き寄する

太宰府の雨跳ね返る花菖蒲

筍の鍬に伝はる息づかひ

新樹光山の座敷となる棚田

山吹は沢のリズムにしだれけり

梅雨晴間下腹に初めてのメス

病臥して青葉の風に見舞はるる

子の声の絶えて久しき梅雨の部屋

大観峰飄々たるや青芒

老鶯の夕暮れ急ぐ阿蘇の宿

ビル街の空に角ばる雲の峰

回送のバスのけだるさ炎天下

吸い過ぎてふらつく藪蚊仕留めたり

大海月熱砂に溶けて砂となる

水馬よ大海に出たくはないか

捩れ花いいたき事のあるように

炎天下係留の鎖焼け太る

昭和二十四年、御供所小学校入学

二部授業窓開けており蟬時雨

熊蟬を餓鬼大将の証とす

草木は自らも揺れ涼を呼ぶ

箱崎地区地蔵盆　二句

箱庭の静まり返る門明かり

地蔵盆地口行灯競ふ辻

履き慣れぬ下駄に砂嚙む盆踊り

名月や牛車の軋む音遥か

太陽に傷負わされし柘榴の実

十二月八日薬缶のけたたまし

皇居には礼者の小旗溢れけり

親子船屠蘇酌み交わす二日かな

函嶺の淑気背な押す手繦かけ

人日の角地に丸き赤ポスト

凍て鶴の一本足や刻を止め

万羽鶴暮らしに掟ある如し

凍て星の塒の水田万羽鶴

河豚ちりや粋な話の一つとも

春風邪と高を括れば諌められ

春泥を越えて竹馬の友集う

素魚の喉にくねりし命かな

春節や下船にバスの百余台

春光の反射目映き浜離宮

訛りことば偕楽園の梅ガイド

千波湖の波に梅の香ただよへり

避難所を廻る教師や草朧

オムツの児走る避難所つづみぐさ

揚げ雲雀パラグライダー遠見せる

春潮の膨らみ来る呼子かな

雨糸の横糸となる飛燕かな

龍雲を従へ昇る虚子忌かな

生まれ生まれ一目散に海の亀

長谷寺の牡丹明かりや登り廊

長谷寺や宮様手植えの松の芯

柿右衛門十六代目の初幟

有田焼四百年の揚げ雲雀

象さんのお嫁さんをと七夕竹

夕立にざわめくカバは岩のまま

植物園夕立に土の噎せ返る

木漏れ日を包み隠さず滴れる

せせらぎに光の調べ恋蛍

篝火に娘鵜匠の細き腕

女郎蜘蛛ばたつく虫を遠巻きに

虫干しに形見の背広加わりぬ

博多座のすり足涼し雀右衛門

猛暑来る追山笠の鎮め能

黒揚羽蝶過る滝音戻りけり

ゆく夏や白馬の影を見る湖畔

灯明と香煙の守盆三日

椿の実落ちて鋼の音残る

星月夜露天風呂まで宿の下駄

水引草九重に古き湯治宿

牛舎より頸出すよだれ狗尾草

老いらくの恋は葡萄の色に似て

群れ蜻蛉ひとつ逸れて墓誌の上

去る者は追わずと釣瓶落としかな

満月を仰ぎて急ぐ胸騒ぎ

幾度となく見あぐ満月千鳥足

鳩の足赤し地べたの寒露より

御神籤を子に読み聞かす千歳飴

秋月に盲の翁紙を漉く

帰り花水子地蔵のある寺に

漲りてふくよかに起つ下仁田葱

幽(ひそ)やかに落ちる椿の重さかな

何事もなく水涕の頃となり

腰屛風母の匂いの幼き日

薺爪

平成二十九年〜三十年

博多雑煮妻味極む五十年

玉砂利を長蛇の音の淑気かな

大地より海へ虹立つ初硯

束の間の目出度さ過ぎる松の内

戦無き世なればこその薺爪

妻の紅少し濃いめの松の内

入札やマスクの奥の眼は険し

夕鶴の残響耳朶に旅の宿

筆太に「努力は実る」入試塾

沈黙の踏み絵の足の穢れかな

山羊の糞こぼれる辺り花すみれ

健脚を誇りし齢山笑う

草千里野火めらめらと攻めつくす

遠見岳三韓遥か春霞

小料理屋の春灯が呼ぶ中洲の夜

里燕乗り合いバスを連れて来る

花盛る幹に脈打つ気色あり

朧夜やおさらい続く三味の音

離れては軽やかとなる花筏

檀一雄に手向く卯の花能古島

葉桜や近頃三味の音に艶

蛍火を児の手のひらに移しやる

海人（あま）の選る飛魚の瑠璃光る

ユッカ咲く沖をホテルの滑る如

住所録の糸の解れや扇風機

武士道といふは死ぬこと蟇

払暁の太鼓に追山（おいやま）笠の疾駆

勢い水の匂い振りまき山笠(やま)怒濤

五秒前一番山笠(やま)の殺気立つ

森閑の湖に木霊す閑古鳥

闇穴を這い出る熊蟬の一歩

落ち蟬の腸すでに無かりけり

白蓮の部屋より雲の峰奇峰

打ち水や贅を捨てたる籠の鳥

新西蘭の娘の義父の逝去を悼む

クルーザー主の影無く夏の果

新涼や味噌汁匂い立つ朝餉

零余子飯大地の匂い仄かなり

田原坂砲車の轍か鬼薊

火山灰混じる秋雨示現流

「もうここらでよか」城山は秋雨に

砂蒸し風呂秋の青天独り占め

秋澄めり絶筆凜と十七歳

月天心路地裏過るものの影

新生児の手足の匂い虫の声

冷たきひかり草に残して穴惑い

鴨渡るここは国境なき浄土

酒蒸しの海老のくねりや温め酒

稲刈り機大手を振るや村の辻

瀬戸大橋海の鏡に月まろし

西行の添う崇徳院鳥わたる

粗挽きの胡麻に焼き塩合はせし妣

むら雲のあはひの月や一人酒

鰯雲に溺るるやうな昼の月

豊胸の脛の細さや捨て案山子

晩白柚妻の体重乗せて切る

校庭の声のはじける冬うらら

小春日を家族一心毛繕ひ

国東や仏と仰ぐ月赤し

時雨るるや真木大堂の榧不動

燭台は差し上げましたクリスマス

妻の手の突如伸び来る木の葉髪

真っ白とならず博多の雪だるま

かつお菜の緑鮮やか雑煮椀

初弓の残心確と女子高生

太宰府の百万の絵馬春を待つ

日捲りを一直に裂く七日粥

どんどの灰校舎の裏のうさぎ小屋

振袖に零るる小雪祝賀会

三井寺の鐘陰々と悴む手

小春日や三井寺寺領干戈なく

急斜面緩斜面あり寒卵

春兆すポプコーン匂うシネマ館

渓流の岩にまどろむ落ち椿

沈丁の香の出迎へる旅疲れ

庚申塚辛夷明かりの村の辻

逮夜経花冷えの灯ひと揺らぐ

朧夜や高野の坊に般若湯

童らの九九唱へ行くれんげ道

川面博暉君夫妻らと韓国全州へ　六句

南薫の迷彩服や釜山駅

五月晴弥撒粛然とチマチョゴリ

白村江干戈の噎ぶ皐月雨

両班（ヤンバン）の裔の館や貌佳草

参鶏湯（サムゲタン）沈菜（キムチ）を加へ暑気払ひ

扶余邑の芍薬の花散り急ぐ

熟れ麦の揃う背丈の真っ平

復興の三連水車張る田水

十薬の花が道連れ修験道

廃線の錆長々と梅雨晴間

青簾そろそろ孫の目覚む時

パパの首晒す家族の浜日傘

式始む長崎の鐘旱雲

長崎忌イタリアからも千羽鶴

夕立細り一人駈ければ一斉に

浜昼顔漁網ごわごわ拡げたる

帰船待つ麦藁帽の顔の皺

業平竹絽を着こなせる裾捌き

長き夜や頁に二句という余白

高千穂の千木置く茅屋馬肥ゆる

瀬を早む秋水天の安河原

御会式や団扇太鼓の檀信徒

衣被昔の友と小半時

吾亦紅絵筆百まで取りたしと

豪快に戻り鰹と土佐の酒

へろへろと綱引く案山子里祭り

三更の月に耳目を欹つる

蝮草は赤き篝火森の番

野焚火や巡査も覗く立ち話

大観の夜桜愛でし走り蕎麦

底冷えの近江八幡京街道

秀次に笹鳴く城址八幡山

石山寺小雪明かりに式部の間

托鉢の僧の後より雪女

高一で看取りし父や凍てし夜

除夜の鐘余韻の中に寝落ちけり

畳針

平成三十一年〜令和二年

子供等の数の申告雑煮餅

幼子の口より伸ばす雑煮餅

初夢や駱駝の背なに月仰ぎ

弾初めの博多古謡の撥さばき

地球儀にドバイをなぞる二日かな

大杉の鳥総漂ふ淑気かな

漆器椀仕舞い納めや寒に入る

冬耕の老夫幾星霜の皺

女神座に降り遊ぶ神楽かな

男神嫉妬したるや神楽舞

高千穂の神楽阿波礼阿那於茂志呂

寒牡丹粉雪冠る藁ぼっち

仏顔なる老女美し寒牡丹

枝移るたび零しけり梅の花

鉛筆の芯尖らせせり春愁

箱雛や裏の墨書は享保とぞ
奥までも雛の道具屋細々と
鶯の声にゆらりと野良仕事

卒業子教師の渾名消さぬまま

山笑ふ轍に残るにはたづみ

眠る子に五人囃子の笛の音

ドバイ　三句

ドバイ春欲望は無尽蔵

髭剃り屋連ねしドバイ朧月

春の慈雨モスクに集うガンドーラ

日覆ひの玉露の畝や別れ霜

角打ち屋軒の燕の賑々し

春雨に傘はささずにランドセル

谷深し鳴子囲いの春子かな

老女らの画筆に込める城桜

花筵翁手酌の丈六居

赤襷八十八夜の八女絣

どんたくの弾ける令和日和なり

令和なる卓にグリーンピース飯

格子戸の博多町家の軒菖蒲

太宰府の令和日和や燕子花

金印の島の黄金笊の枇杷

豆飯や妣塩加減目分量

竹籠を満たす実梅の香を拾う

本箱の端より役者絵の団扇

夏は来ぬ樹は次々と白き花

由布岳を望む辻馬車代田路

噴水の己が背丈保ちけり

食欲の落ちて冷茶にこませ醤蝦

引っ越しの前夜顔出す屋守かな

荷解きにしばし汗引く写真帳

博多座へ麻服と絽の老夫婦

鮓桶を覗き見しつつ小さき手

鬼灯笛皿に出したる夕餉かな

彼の人の渡る銀漢櫂の音

釣瓶落としコンバインの深き痕

望の月揺らし流るる筑後川

卒寿をばまつたうしたる草相撲

間延びして蛍光灯の師走かな

煤逃げに差し出すチーズケーキかな

博多雑煮カツオ菜は勝男菜とぞ

羊日や和讃の鈴の父祖の寺

あしあとは波に攫はれ磯千鳥

畳針鈍き光を祀られて

手水舎の風紋くずる薄氷

曲水や十二単の筆奔る

曲水や漫ろ心の衛士に弓

夢にまで山火の迫る阿蘇泊

教会の土筆は摘まず帰りけり

髭剃りの鏡の中の朝桜

ウイルスの世情は知らぬ浮かれ猫

羽休む夜の帳の藤の房

清明の口に放るや金平糖

戦無き民に寄り添う昭和の日

各棟のえやみの自粛蚕の上蔟

緋牡丹やぐるり正面決めかねる

花菖蒲立子の色と思ふべし

役者絵の渋の光や古団扇

鯖鮓や京都の夜の懐かしく

水揚げにかもめ舞ひ舞ふ鯖日和

揚羽蝶戯れせんとやじゃれ戻る

半夏雨三連水車新たなる

手短を枕にしたり三尺寝

夏草や深き立坑廃櫓

サイパン　二句

炎帝のバンザイクリフ竦む足

サイパンに「交番」とあり甘蔗畑

出番なく荒ぶ心も鵜飼の鵜

とびとびの席の胡麻鯖定食屋

風運ぶ博多に風鈴売りの声

ピタと止む熊蟬しぐれ正午前

油照動物園に合葬碑

家ごもる日日草に励まされ

桜桃の茎は行儀を弁えず

旱雲浦上川の十一時

地蔵盆杖で円描く蛇使い

空を打つ西瓜の種を競いけり

不似合いの声の鵲吉野ヶ里

ペシャワール非業の遺志の稲を刈る

草野球ベースに遊ぶ秋の蝶

星月夜消えて久しきマリーナの灯

門構え砦の如し柿紅葉

残欠の湛山全集秋ともし

大宰府に月の雫や漏刻趾

冷まじや作兵衛描く地の底意

秋天や子安の石の堆し

はたと止まる猟犬主に眼を呉れる

露天湯に浸る勤労感謝の日

大雪といへど博多の青き空

夫婦恵比須終えて博多は年用意

密の字の墨汁流るる年の暮れ

飾売

令和三年〜四年

初春を刻む形見の腕時計

虚子の句を流る文字で賀状来る

読初めは友の漢詩を声出して

かさこそと井戸端会議する落葉

青春のナイターなりし初スキー

新雪は二寸と廊下を触れる声

華やぎを映す氷柱やスキー宿

寒の月掘りつくされし黒ダイヤ

海鼠腸の盛られて出さる柚子の皿

大根は丸し火を吹く山尖る

大濠の鳥の水脈消す寒の雨

飛び鉋当つる蹴轆轤相撲花

唐臼の音も長閑や小鹿田焼

三段に石跳ね渡る春の川

せせらぎの石に気泡や春萌す

政庁趾裏野に雉の鳴く日和

春眠の夢という字に草冠

集落の納骨堂や花榅

落ちてなほ肥後椿より息遣ひ

教室の不穏な空気卒業期

儘ならぬ日々も二年目濡れ燕

春月をホームに映す潦

芋づるを植えし憲法記念の日

逆縁の通夜の姉や明易し

梅雨晴間待合場所に晴れ女

玄界灘の風を入るるや網戸越し

博多湾透かす茅の輪を潜りけり

人流の無き日盛りの大通り

阿蘇谷の子守唄なり遠河鹿

向日葵の一茎一花陽を恋慕

冷そうめん刻み茗荷で啜りけり

溝萩を供う開眼供養かな

香煙とデパ地下の匂ひ霊祭り

西方丸押し出す波の夜光虫

あさがらの軽さや壺に喉仏

享年は国にもありや流れ星

生ありて一瞬の死や遠花火

百歳の筑前琵琶師地蔵盆

踊りの輪炭坑節ならかたります

大宰府の月に余香を拝しけり

青空へ切り藁を吐く稲刈り機

竹槍一揆ありし郡や稲穂波

敬老の日三味を手解く孫のゐて

東国の人を偲ぶや十三夜

爽やかに玄関の絵の替えられし

晩秋やラフマニノフのハ短調

長き夜や卒寿の姿夢想する

喉黒の塩焼を待つ温め酒

魚屋の壁に河豚鰭二三枚

襟巻の上に顔出す下校の児

初刷りや病室にある小宇宙

病室の壁に止めたり初暦

患者にも七草粥の運ばれて

リハビリの苦痛神の手暖かし

車椅子浴びるシャワーの初湯かな

病室の窓はみ出して時雨虹

寒椿足元照らす躙り口

鶴帰る故国に告げる事あらん

春泥を越える人道廻廊とは

藪椿虚子の帯塚博多織

地区の衆総出の阿蘇に野火走る

春寒やS字に続く赤鳥居

声高の声に微笑む桃の花

園児らの声に華やぐチューリップ

早蕨を一皿加ふ野の匂ひ

春一番玄海の鈍色を解く

見張り役忘るキリンの首に飛花

蘇軾なら六万両や花の夜

みどりの日馬上豊かに草千里

辻馬車の由布にクレソンのせせらぎ

囀りはベランダのローラカナリア

野遊びの列に少年ハーモニカ

百号の破壊万緑の美術館

語りかけ漬け梅を干す妣なりし

ご先祖は郡の長か朴の花

安曇海人の益荒男ぶりや山法師

田水張るみるみる生気漲りて

母の日にクラリネットの動画くる

午後の光陰独り占めなり未草

持ち堪ふ極限にして滴れる

熱き日を玄界灘の匿へり

しろたへの脱皮の衣月鈴子

麻服の漢背中の皺も気に留めず

梅雨明や水田の丈伸び伸びと

今日も又蟬の囃子に目覚めけり

空蟬の目じりに残す土の色

蟬しぐれ止む英雄第二楽章へ

白皙の女体横たう浜日傘

蟬しぐれ大般若会の檀那寺

地響きの少し遅れて遠花火

江戸切子氷に滲み立つ梅酒

虹の根を追って旅立つ豪華船

海原の底より沸いて蟬しぐれ

酢膾の月下美人のとろみかな

生盆の里帰りの子に酌さるる

夕焼や空の水筒持ち帰る

マンションに木柱欲しや実南天

一直の林道一直に鬼やんま

山際を離れる月や砂時計

林里林里恋しと籠の月鈴子

菱舟に前のめりなり菅の笠

半切りの菱の重さに傾けり

立つ波に岩間を探る老鮎師

参道の呼び声嗄れて新生姜

ラ・フランス子規の句集を読みながら

紅葉峪竜宮城はもっと奥
柘榴の実只身に燃ゆる黒田武士
つくばいに金木犀の香を映す

秋深し竹床柱の古りし艶

新米の湯気に搗ち割る生卵

竹馬の友の相次ぐ逝去を悼み　二句

散る秋や二代目も茶業一筋

焚火の輪一人去り又ひとり去る

岩を彫る手水に浮かぶ黄菊の香

浮かぶごと枯山水に散る紅葉

咳けば木霊の乾く枯木立

醤油で炒る浅漬けの蕪蚍の味

寒月下露天湯に透く白き肌

十二月滾るやかんの灰神楽

骨離れ良くて二杯目ふぐと汁

禅寺の門先借りて飾売

あとがき
――俳句との出会いそして今――

六十五歳（平成二十年）になったころ、持病の腰痛の慢性化に悩んで、社業を長男に譲ることを考える日が続きました。このため、まずは四十年親しんできました趣味の付き合いゴルフをきっぱりと断念しました。一方で、社業を長男に委譲した後の日々の暮らし方について、思いを巡らせていました。

この時期に、誓子の〈海に出て木枯帰るところなし〉の句と半世紀ぶりに出会いました。十七音の醸し出す情景の鮮明さと軽やかな言葉のリズム。それでいて第二次大戦の悲惨さが暗示されていることに新たな興奮を覚えました。十七音でズバリと言い切れる俳句の潔さに憑かれました。俳句に抱いていた、わび・さび・格調といった重苦しさへの認識を新たにしました。

よし、これからは俳句を余生の友にしようかと。以来句集をはじめ俳句関係の本を漁り、独学を始めました。今まで素通りしていた、西日本新聞の「西日本読者文芸」の俳句欄の切り抜きも始めました。他方、俳句をやっている人たちの風姿はどんなものかとＮＨＫの全国俳句大会にも出向きました。選者の講評に鉛筆を走らせている周りのこの人たちが仲間になるんだと、鼓動の高まりを覚えました。

六十七歳（平成二十二年）に、社業の大半の責任を長男に委ね、「西日本読者文芸」の俳句欄他への投句を始めました。同時に当時住まっていた、福岡市の公民館の句会にも名を連ね、初めて十名の俳句仲間を得ました。

ぼつぼつ新聞紙上等に名前が載るようになったのを機に、靖雄という本名が、靖国神社の英雄を連想するのが長年の気になっていたところで、自分勝手に俳号を名乗ろうと、素光としました。素直な句で、きらりと光る句をとの願いを込めました。

この西日本新聞の選者が、星野椿先生と秋尾敏先生でした。それで、星野椿先生の「玉藻」と秋尾敏先生の「軸」で本格的に俳句に親しもうと、平成二十六年にそれぞれ入会しました。年とって始めたこともあり、人の句歴の二年分を一年で追いつけないかと欲張ったのです。

はからずも伝統俳句系と現代俳句系の二系に所属したわけです。二年後には星野高士先生より、六年後には秋尾敏先生からそれぞれに同人の推薦を賜り現在に至っています。しかしながら、福岡県内の俳句結社に所属していなかったために結社の句会に出て、主宰選者の講評に接する機会がありません。そこで「玉藻」の川崎大師平間寺での句会参加や、西日本新聞社の協力で紙上の投句仲間に呼びかけて、秋尾敏先生に福岡市にお越しいただき、二十名ほどの句会を行う等で、主宰が指導する句会の楽しさを味わいました。それで、身近に参加できる主宰主導の俳句会への出席を念願していたところ、福岡の俳句結社「花鶏」の野中亮介先生を伝で紹介されました。平成二十八年に即刻入会し、そこでの本部句会に出るようになりました。ここでは、通常の例会のみならず、席題句会・袋回し・一泊二日の全国大会での三度の句会や、深夜に渡るリーグ戦形式の句会など興味深い経験をすることができました。しかし残念ながら社務に関わる会合と例会日が重なり句会の例会には令和二年以降出席出来なくなりましたが、主宰の朱筆入りを返送いただく添削制度にて、今に至っています。かくして俳人協会系の結社にも籍を置くという三足の草鞋を履くという俳句生活に翻弄されてきました。花鳥諷詠、写生、発見の重要性、詠みは切れから、省略、抒情とリズム等という俳句にとって大事な事を、それぞれから学んできましたが、どこまで実践出来ているか未だ疑問の日々です。

　八十歳となる令和五年、翻弄されつつもこれら三誌や西日本新聞その他のメディアで活字となった句が二千五百句を超え、如何したものかと思い悩んでいました。ところが突如その解決策を見つけることができました。

端緒となったのは、五月二十九日～三十一日にかけて、「文學の森」による「星野高士『玉藻』主宰と巡る、福岡・吟行ツアー」という企画に参加し、私の定番の吟行地でもある太宰府・宗像大社、能古島等へ出かけ星野高士先生と行動を共にしたことでした。「玉藻」誌の四月号雑詠欄で高士先生から、巻頭を頂いた矢先の出来事でした。先生にこの悩みを話したところ、それぞれから句を選んで一冊に纏めた句集を出しなさいと背中を押されました。その上に色々なご教示までいただくという思ってもみなかった事でした。今からだと十一月の初旬には刊行できるだろうと、「文學の森」の皆さんを交えて大まかな日程まで示していただきました。急なことで戸惑いもあったのですが、先生に色々とお骨折りいただき夢のような句集の計画が動き出しました。

博多の下町生まれの私は、出版社での東京勤務の十年間を除き、博多どんたく・博多祇園山笠・筥崎宮放生会に毎年心躍らせて参加・見物してきました。太閤町割り以来の町人文化を今に残す博多の町をこよなく愛してきました。これは、亡き父母の影響が関与していることは疑いの余地がありません。特に母親には薺爪の習わし、春の西公園の重箱持参の桜見、端午の節句での菖蒲にまつわる習わし等、子供心にも楽しく懐かしい数多の思い出を与えられました。又、秋には、今はなだらかな住宅街として開けた鴻巣山という丘に、近所の家族と登り栗ご飯のおにぎりと、尾頭付きというめざしを焼いて食べ、半日を遊んだことが懐かしく、これは登高であったと今にして合点がいきました。

博多の町人文化の中には、季節感を歓ぶ習わしが多々あったんだと妣との思い出は、尽きません。もっと若くから俳句を始めていたらと思うこの頃です。

博多の近くには太宰府、金印の志賀島、元寇防塁遺跡、又、昭和三十年代まではその山裾から博多湾まで、菜の花の絨毯を眼下に望めた若杉山があります。
この山に連なる山々には、篠栗新四国八十八か所の遍路道があり、定期吟行コースです。他にも手軽に行ける阿蘇・九重山系等海・山の自然が身近です。
本句集では、俳句は記憶の文学でもあると言われますが、博多町人文化の記憶の一コマと吟行句より四百八十四句を選びました。
まだまだ私の個性で纏まった句集であるとは思いませんが、高士先生のご高配により、この第一句集を刊行することで、一区切りがつきました。
忌憚のないご意見をお聞かせ下さい、これからの励みといたします。
出版の機会と序文を快く賜りました星野高士先生はじめ、星野椿先生、秋尾敏先生、野中亮介先生のご指導に感謝申し上げます。
「文學の森」の皆さんには大変お世話になりました。

又、俳縁で結ばれた句友の力添えに改めて感謝いたします。
なお、「軸」は原則現代仮名遣いのため、本句集は歴史的仮名遣いと現代仮名遣いが並録されたものとなっています。

令和五年九月

富永素光

この句集を、俳句を始めた時から声援を送ってくれていた旅行仲間で、令和四年末に続いて亡くなった三名の竹馬の友と、父母の霊前に謹んで捧げます。

著者略歴

富永素光（とみなが・そこう）　本名　靖雄

昭和18年４月　福岡市博多区に生る
平成24年より西日本新聞の読者文芸欄等に投句を始める
平成26年６月　「玉藻」入会、星野椿・高士先生に師事
　　　　　８月　「軸」入会、秋尾敏先生に師事
平成28年５月　「花鶏」入会、野中亮介先生に師事
　　　　　９月　「玉藻」同人
令和２年５月　「軸」同人

現住所　〒811－2308
　　　　福岡県糟屋郡粕屋町内橋197－1 サンライフC105
E-mail　yasuo@image.ocn.ne.jp

句集　飾売（かざりうり）

発　行　令和五年十一月十日
著　者　富永素光
発行者　姜琪東
発行所　株式会社　文學の森
〒一六九-〇〇七五
東京都新宿区高田馬場二-一-二　田島ビル八階
tel 03-5292-9188　fax 03-5292-9199
e-mail mori@bungak.com
ホームページ http://www.bungak.com
印刷・製本　創栄図書印刷株式会社

ISBN978-4-86737-061-2　C0092